Philuc

L'importance majeure des accords mineurs

Pacusch Blues, troisième zone

éditions Vents d'Ouest

ISBN 2-86967-003-6
Ouvrage précédemment publié aux
Editions Vents d'Ouest Bruxelles: ISBN 2-87096-003-4
Dépôt légal: Août 1987

Imprimé en France par Ouest Impressions Oberthur

DIFFUSION FRANCE:
VENTS D'OUEST DIFFUSION
31-33, rue Ernest Renan
92130 ISSY-LES-MOULINEAUX-FRANCE
Tél.: 16 (1) 40.93.00.67 - Télex: 202.163

CONNAISSEZ VOUS L'HISTOIRE DE RESTOROOT FILS D'UN ROUTIER ALCOOLIQUE ET D'UNE CONTRACTUELLE CUL DE JATTE ET SCHIZOPHRÈNE ?

SES ORIGINES ET LE NOM QUE LUI AVAIT CHOISI SON PÈRE NE POUVAIENT QU'ÊTRE LES SIGNES PRÉMONITOIRES D'UN DESTIN EXEMPLAIRE ... IL DEVINT CLOWN ÉQUI-LIBRISTE ET DEVAIT NE PLUS QUITTER SA PLANCHE JUSQU'À LA FIN DE SES JOURS

PLANCHE DEVINT SA VIE, UN ÉQUILIBRE
ONSTANT ENTRE LA GAUCHE ET LA DROITE
NTRE LE OUI ET LE NON, ENTRE LE POUR
LE CONTRE, LA VIE ET LA MORT...

OUTE SON EXISTENCE NE FUT QU'UN
FFORT PERMANENT POUR CONSERVER
ET ÉQUILIBRE SI PRÉCAIRE ENTRE
ENFANCE ET LA VIEILLESSE, ENTRE
RAISON ET LA FOLIE, ENTRE L'A-
US ET LA CARENCE, LA MÉGALOMANIE
T LA MÉDIOCRITÉ, LA SAGESSE ET
SÉNILITÉ, LA JOUISSANCE ET LA
SOUFFRANCE

LORSQUE, TRÈS LONGTEMPS APRÈS, SA PLANCHE VERMOULUE SE BRI-SA EN DEUX PARTIES ÉGALES, RESTOROOT SE NOYA DANS LE NÉANT

L'importance majeure des accords mineurs

SALUT SALUT... QUE VOIS-JE DONC-LÀ ? UN PETIT PÉTARDOS SI MA VUE NE ME TRAHIT PAS...
ELLE NE TE TRAHIT PAS ! REGARDE ÇA LA BELLE MOQUETTE ! JE ME SUIS DÉNICHÉ UN SUPER-MORCEAU DE TAPIS PERSAN À UN PRIX DÉFIANT TOUTE CONCURRENCE !
DU PERSAN ! LA VAACHE !
TIENS, À TOI L'HONNEUR DE LA PREMIÈRE...
CHRRRRRR
CRT
ALORS ? ALORS ?
SSSSSSSRRRRRRR
ALORS ? J'VAIS T'DIRE MON VIEUX, TU T'ES CARRÉMENT FAIT ENTUBER ; ON T'AS REFILÉ DU PAILLASSON !
DU PAILLASSON ! MEEEEERDE...
CES MACHINS-LÀ, ON EN VOYAIT ASSEZ RÉGULIÈREMENT PASSER DANS LE COIN... PAS DE CONVERSATION, PAS L'AIR BRANCHÉ DU TOUT ; AUCUN INTÉRET QUOI...
PFOUIT

BLM
BLM
GLBG
CHRON
CHRON
CHRON
OUAIS SIII CH'TE JURE ; DU PAILLASSON... VÉRIDIQUE... IL PARAIT QU'IL TE TIRAIT UNE DE CES GUEULES!
TU M'ÉTONNES
YEAH...
J'VOUS RACONTE AVEC QUELLE DÉBILITÉ
JEAN CHRISTOPHE À L'OMBRE D'UN ROBINET
DÉCOUVRIT
LA COMESTIBILITÉ
DE CES... EUH... DE CES...
MERDE, MAUVAIS...
CH'TROUVE PAS LA RIME
ÇA COMMENCE MAL!
PLINK
PLINK
FI FI F'VOUS VURE... V'L'AI AVALÉ ET F'ÉTAIT VIFMENT BON!
LE VAGUE DÉFAUT DE PRONONCIATION DE JEAN-CHRISTOPHE DECLENCHAIT GÉNÉRALEMENT DES FOUS RIRES DOUTEUX... IL NUISAIT AUSSI REDOUTABLEMENT À LA CRÉDIBILITÉ DE SES PROPOS, SI PASSIONNANTS FUSSENT-ILS...
PFFFFRRRT! LUI... C'EST TROOOP!!
ÉH ; POUR TON CHEVEU LÀ, AU BOUT, SI TU VEUX CH'PEUX TE FILER L'ADRESSE D'UN BON COIFFEUR... HIHIHIHIHIRRRRK

TIENS ! TANT PIS POUR EUX... VE VAIS ME LES GARDER FES EFPÈCES DE BOULLES DE GOMME AU BLANC D'ŒUF...
J'EN PEUX PLUS ! C'EST PIS QUE L'AUTRE ANDOUILLE AVEC SON PAILLASSON PERSAN !
DE QUOI ? C'EST QUOI C'T'HISTOIRE ! JE SUIS PAS AU COURANT, MOI !
...
CHRON
CHRON
CHRON
CHRON BURB
evian
et equilibre
TRÈS VITE, IL DEVINT FLAGRANT QUE JEAN-CHRISTOPHE PRENAIT DU VOLUME... LA CHOSE NE POUVAIT ÉCHAPPER AUX POPULATIONS ENVIRONNANTES PLUTOT SOUS-ALIMENTÉES...
CES MOLLUSQUES ÉTAIENT DONC VISIBLEMENT LA DENRÉE ALIMENTAIRE DONT TOUT LE MONDE MANQUAIT DEPUIS LONGTEMPS
UNE CHASSE EFFRENÉE COMMENÇA
BURB
ÉTAIT-CE LA FIN D'UNE RACE DONT ON NE SAVAIT RIEN ENCORE ?
TIENS ! QUE VOIS-JE LÀ !? JE ME CASSERAIS BIEN UNE PETITE CROÛTE, MOI !
?
CHPOK

KRAK
D'UN COUP BRUTAL, IL A BIEN FALLU SE RENDRE À L'ÉVIDENCE : CES GLAVIOTS-LÀ N'ÉTAIENT PAS QUE DES CASSES-DALLES, ILS PENSAIEN. TU PARLES D'UNE SURPRISE ... D'AILLEURS LES PREMIÈRES À LE CONSTATER N'ONT PAS TOUJOURS EU DE GRANDES FACILITÉS À S'EN REMETTRE
HARG... SCROC SCROC
BON, QU'ON SE DISAIT, C'EST QUE DES SOUS-DÉVELOPPÉS, MAIS VU QU'ILS ONT L'AIR DU GENRE BRUTAL, MÉFIONS-NOUS, CHERCHONS LA NOURRITURE AILLEURS... FALLAIT LES VOIR PARADER APRÈS ! À CROIRE QU'ILS CHERCHAIENT LA PROVOQUE... UN JOUR, LE P'TIT ROBERT A VOULU EN PASSANT, LEUR SIGNIFIER SON MÉPRIS DISCRÈTEMENT ET BIEN, J'VOUS JURE, UN QUART DE SECONDE PLUS TARD, LE P'TIT ROBERT N'EXISTAIT PLUS !
SLOUÏK
PTOU PTOU
BANG
AINSI DONC, L'INTELLIGENCE N'ÉTAIT PLUS NOTRE ATTRIBUT, RIEN QU'À NOUS TOUS SEULS ! LES VOILÀ QUI PASSAIENT DU STATUT DE BOÎTE DE RILLETTES À CELUI DE CERVELLE... ON AVAIT PAS DE QUOI ÊTRE FIERS... UN GROS CERVEAU AUTONOME ROULÉ EN COLIMAÇON DANS SA COQUILLE ET QUI, SUBITEMENT, NOUS DÉVOILAIT SES REDOUTABLES POSSIBILITÉS... ET LES RÔLES SE SONT INVERSÉS... TOUT DE SUITE ON EN A VU ESSAYER DE PACTISER AVEC L'ENNEMI... LES TEMPS S'ANNONÇAIENT DURS...
TU PARLES, ÉH ! V'AI VAF'MENT INTERÊT À FAIRE GAFFE !
V'Y FUIS PAS POUR RIEN DANS FT'AFFAIRE, MOI !
KSSS KSSS
ON POUSSE PAS, MERDE...
ON SE POUSSE ! ON SE POUSSE !

LE BUT DE L'ENNEMI ÉTAIT SANS CONTESTE DE NOUS ANÉANTIR AFIN DE DEVENIR LES MAITRES ABSOLUS DE NOTRE UNIVERS ... Y'AVAIT DE QUOI SE DEMANDER POURQUOI, MAIS ON PRÉFERAIT SE DEMANDER OU TROUVER UNE PLANQUE

LES QUELQUES PLANS D'EAU DU COIN FURENT ENVAHIS ... ON AURAIT BIEN CRU À LA FIN DU MONDE MAIS EN DÉBUT D'HISTOIRE; DÛR ... C'EST ALORS QUE LE SOLEIL S'EST LEVÉ ... DEPUIS LE TEMPS QU'ON L'AVAIT PAS VU ÇUI-LÀ ...

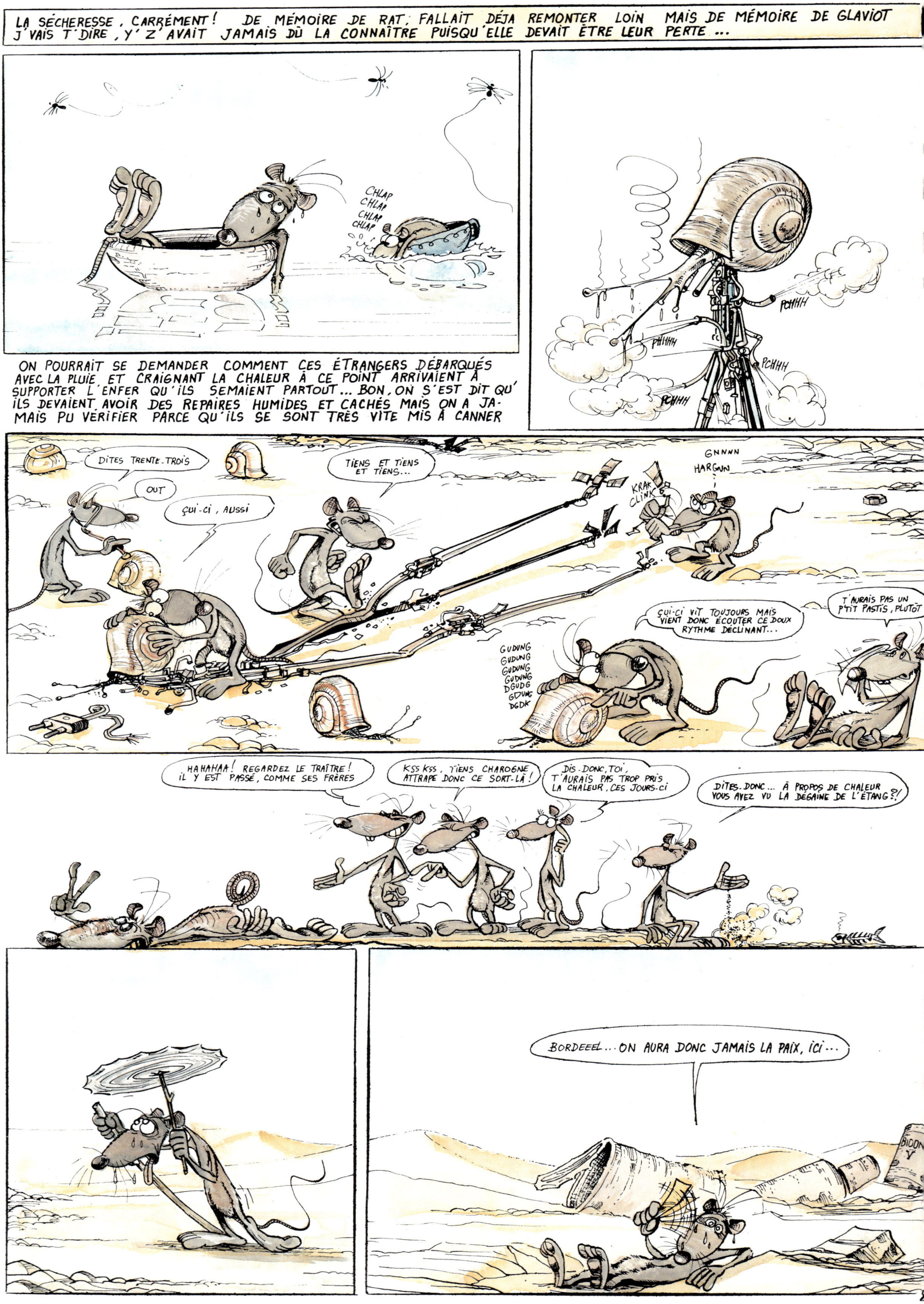
LA SÉCHERESSE, CARRÉMENT ! DE MÉMOIRE DE RAT, FALLAIT DÉJA REMONTER LOIN MAIS DE MÉMOIRE DE GLAVIOT J'VAIS T'DIRE, Y'Z'AVAIT JAMAIS DÛ LA CONNAÎTRE PUISQU'ELLE DEVAIT ÊTRE LEUR PERTE ...
CHLAP CHLAP CHLAP CHLAP
PCHHH
PCHHHH
PCHHH
PCHHH
ON POURRAIT SE DEMANDER COMMENT CES ÉTRANGERS DÉBARQUÉS AVEC LA PLUIE ET CRAIGNANT LA CHALEUR À CE POINT ARRIVAIENT À SUPPORTER L'ENFER QU'ILS SEMAIENT PARTOUT ... BON, ON S'EST DIT QU'ILS DEVAIENT AVOIR DES REPAIRES HUMIDES ET CACHÉS MAIS ON A JAMAIS PU VÉRIFIER PARCE QU'ILS SE SONT TRÈS VITE MIS À CANNER
DITES TRENTE-TROIS
OUI
ÇUI-CI, AUSSI
TIENS ET TIENS ET TIENS...
GNNNN
HARGNN
KRAK CLINK
ÇUI-CI VIT TOUJOURS MAIS VIENT DONC ÉCOUTER CE DOUX RYTHME DÉCLINANT...
GUDUNG GUDUNG GUDUNG GUDUNG DGUDG GDUNG DGDK
T'AURAIS PAS UN P'TIT PASTIS, PLUTÔT
HAHAHAA ! REGARDEZ LE TRAÎTRE ! IL Y EST PASSÉ, COMME SES FRÈRES
KSS KSS, TIENS CHAROGNE ATTRAPE DONC CE SORT-LÀ !
DIS-DONC, TOI, T'AURAIS PAS TROP PRIS LA CHALEUR, CES JOURS-CI
DITES-DONC... À PROPOS DE CHALEUR VOUS AVEZ VU LA DÉGAINE DE L'ÉTANG ?!
BORDEEEL... ON AURA DONC JAMAIS LA PAIX, ICI...
BIDON Y

AAARGLG
ET LES LANGUES DEVIENNENT RÊCHES
LES YEUX, LES PEAUX SE DESSÈCHENT
TOUS
COMME DES BÊTES, ILS FLIPPENT
SAUF LE GRAND PHILIPPE !
ÇUI-LÀ IL A L'MORAL
PASSQU'IL EST PAS NORMAL !
MEUH, SI ! MOI, J'SUIS BIEN, MOI ! IMPEC !
MAIS NON, ÇA CRAINT PAS LES ENFANTS ! J'VOUS JURE, C'EST UN GRAND JOUR !
ATTENDS QU'J'ARRIVE, TOI, ET J'TE BOUFFE LES ORTEILS...
LE GRAND PHILIPPE ÉTAIT BLINDÉ CAR, DUR COMME FER, IL CROYAIT EN UN AILLEURS MEILLEUR ... UN PEU AGAÇANT, CERTES, MAIS PAS BIEN GÊNANT COMME MEC... SÛR, DANS DES INSTANTS PAREILS, SON OPTIMISME DÉMESURÉ AVAIT DE QUOI FOUTRE LES BOULES À PLUS D'UNE COHORTE MAIS N'Y AVAIT IL PAS PLUTÔT DE QUOI L'ENVIER ?!
OUAIS ON CHAUFFE-LÀ, ON CHAUFFE !
P'TAIN, ÇA CHAUFFE...
V'Z'EN FAITES PAS, ON FAIT QUE PASSER !
DE TOUTE FAÇON, TOUT ÇA AVAIT VRAIMENT PEU D'IMPORTANCE PUISQUE DE LUI COMME DES AUTRES, COMME DE TOUS LES CORPS VIVANTS, IL NE RESTAIT, QUELQUES TEMPS APRÈS, QUE DE L'AZOTE, DE L'HYDROGÈNE, DE L'OXYGÈNE ET DU CARBONE Y'AVAIT BIEN AUSSI QUELQUES SELS MINÉRAUX MAIS CE N'EST PAS AVEC DES SELS MINÉRAUX QU'ON FAIT UN AILLEURS MEILLEUR ...
ÇA SUFFIT !
ET ON Y VA !

STOP! ON ARRÊTE!
LE VENT CHAUD QUI LÈCHE LES CARCASSES SÈCHES EMPILÉES COMME DES CROTTES LES UNES SUR LES AUTRES TU PARLES D'UNE PARTOUZE MOI, ÇA ME FOUT LE BLOUZE
LE PA... KCHH BLouZZzzzz zzYOUH
C'EST NUL! ARRETEZ QUOI, MERDE!
DE QUOI!?
FONDAMENTALEMENT, LÀ, VOTRE TRUC C'EST UN PEU LÉGER... ET ENCORE CE N'EST RIEN COMPARÉ À CE QUE VOUS FAITES DE LA RIGUEUR SCIENTIFIQUE; SOYEZ SÉRIEUX, VOYONS! VOUS N'ÉNONCEZ COMME COMPOSANTS QUE LA STRUCTURE DE BASE DES PROTÉINES, OÙ VOULEZ-VOUS ALLER AVEC UNE TELLE NÉGLIGENCE...
ROH LUI!
OUI, MAIS, BON...
N'OUBLIEZ PAS QUE LES SELS MINÉRAUX, CE SONT SURTOUT EUX QUI RESTENT... QU'EST-CE DONC QUE LES OS SINON DU CALCIUM, DU MAGNÉSIUM, DU PHOSPHORE... ÇA FAIT PAS TRÈS MÉTAPHYSIQUE ÇA DES OS! QUAND AU RESTE, L'EAU DISPARAÎT DANS LE SOL, LE GAZ CARBONIQUE S'ENVOLE ET L'AMMONIAC FAIT PAREIL... IMPORTANT ÇA L'AMMONIFICATION... ET, LES CYCLES DE NITRIFICATION PUIS DE DÉNITRIFICATION PARACHÈVENT LA DÉSINTÉGRATION TOTALE DES MATIÈRES VIVANTES... DE LA POUSSIÈRE, DU GAZ!!
DE LA POUSSIÈRE; ÇA ME PLAÎT ÇA, JE NOTE!
BON, ALORS? ON FAIT QUOI?
ON LAISSE TOMBER OU QUOI?
OK, OK; ON F'RA AVEC...
BEN, 'COUTEZ; VOUS REVOYEZ LE TEXTE ET ON SE REVOIT D'ICI UNE SEMAINE...
ÇA VOUS VA, COMME ÇA?

J'aurais voulu lui dire des mots d'amour
mais tout ça n'avait plus d'importance...

J'avais, de toute façon,
décidé de consacrer ma
vie à faire des ronds
dans l'eau...

REGARDE, VOICI LA MIENNE, N'EST-ELLE PAS BELLE ?
THÉORÈME
Lui
ailleurs
le reste
14:10
REGARDE BIEN... CHACUN DE CES PETITS SIGNES CHANGE APRÈS UNE DURÉE BIEN PRÉCISE... LES DERNIERS SONT LES PLUS RAPIDES... MAIS TOUT CELA N'EST PAS RÉGI PAR LE HASARD... IL Y A UNE LOI DERRIÈRE CE DÉFILEMENT
EUH... JE NE VOIS PAS... VOTRE MAIN...
IL Y A, EN TOUT, DIX SIGNES DIFFÉRENTS... LA DERNIÈRE SÉRIE, ICI, CHANGE DIX FOIS DE SIGNE AVANT QUE LA PRÉCÉDENTE NE BOUGE... MAIS CELLE-LÀ S'ARRÊTE AU SIXIÈME SIGLE SEULEMENT AVANT DE REPRENDRE AU PREMIER ET DE PROVOQUER UN CHANGEMENT À CÔTÉ... TU ME SUIS ?
PARCE QUE, LÀ, ÇA SE COMPLIQUE... À CÔTÉ, VOIS-TU, IL Y AURA DEUX SÉRIES COMPLÈTES DE DIX SIGNES PLUS UNE PETITE DE SEULEMENT QUATRE... UNE QUI S'ARRÊTE BRUSQUEMENT, SANS QU'ON COMPRENNE, MAIS, CHAQUE JOUR C'EST PAREIL... PAREIL POUR LE PREMIER QUI NE CHANGE QUE TROIS FOIS MAIS EN RESPECTANT LA LOI !
14:17
SAIS-TU CE QUE C'EST QUE LE TEMPS ?
LE TEMPS ? EUH... C'EST CE QU'ON A PAS QUAND ON EST PRESSÉ, NON ?
SI TU VEUX... MAIS SAVAIS-TU QUE LE TEMPS PASSE ?
ET TU VIENS DE M'APPORTER LA PREUVE QU'IL NE PEUT PASSER COMME IL LE VEUT ; REGARDE CELUI QUE TU M'AS AMENÉ, CHACUNE DE SES AIGUILLES DOIT CORRESPONDRE À UN DES SIGNES DU MIEN... LE TEMPS EST DIVISÉ EN PARTIES CODÉES
ET CES ESPACES PRÉCIS LUI SONT IMPOSÉS... ET JE VIENS DE DÉCOUVRIR PAR QUI !! ÉCOUTE... POSE TON OREILLE... SUR LE TIEN ; C'EST UNE ÉVIDENCE...
ENTENDS-TU BATTRE SON CŒUR ?
CE SONT CES ÊTRES-LÀ QUI ORDONNENT AU TEMPS DE S'ÉCOULER EN SUIVANT LES RÈGLES DE LA LOI !
BING

MAUDITE. TU L'AS TUÉ !
TU VAS PAYER !
NON, NON, ÉCOUTEZ, IL VIT TOUJOURS...
C'EST MA FOI VRAI... MAIS NE T'APPROCHE PAS NUISIBLE !
TIC TIC TIC TIC
ME VOICI, MAÎTRE, VOUS N'AVEZ PLUS RIEN À CRAINDRE... CETTE IMPIE PAYERA...
QUE SE PASSE T'IL, ICI ?
N'ÉCOUTEZ PAS CETTE VIEILLE MUSARAIGNE MADEMOISELLE, IL FAUT TOUJOURS QU'ELLE EN REMETTE... JE ME PRÉSENTE, PROFESSEUR CHRYSOSTOMUS, FUTUR MAÎTRE DU MONDE, VOTRE SERVITEUR...
?
CROUIC
GNAGNAARK
N'IRONISEZ PAS ARTÉMISE ; VOUS SAVEZ TRÈS BIEN QUE C'EST SEULEMENT PARCE QU'ON NE MAÎTRISE PAS UN ÉTAT DE DÉCOMPOSITION AVANCÉE QUE JE NE SUIS QUE SUR UNE LISTE D'ATTENTE... MAIS. DÈS L'ANNONCE D'UNE PALINGÉNÉSIE NE FUT-CE QU'EMBRYONNAIRE JE POSTULE UNE PLACE !
CHRYSOSTOME ; UN JOUR, JE TE FERAI AVALER TON NOMBRIL
PLUS TARD, ARTÉMISE, EN ATTENDANT, VIENS DONC ÉCOUTER MA THÉORIE, ELLE TE PASSIONNERA ! JUSTEMENT, C'EST LE MOMENT IDÉAL...

QUE LES CYCLES DU TEMPS SOIENT IMPOSÉS PAR TES ROBOTS EST ABERRANT... ILS SONT BEAUCOUP TROP FRAGILES POUR UNE TELLE RESPONSABILITÉ ! N'AS TU JAMAIS SONGÉ À L'INVERSE
QUE ÇA SOIT LE TEMPS QUI ORDONNE AUX MACHINES ; IMPENSABLE ! LE TEMPS EST UNE ABSTRACTION, IL NE PEUT...
LUI, NON, BIEN SÛR MAIS SON DÉLÉGATAIRE, SI
QUI !?
WAAAH, C'EST BEAU, ÉH !
MAIS LE SOLEIL, VOYONS ! COMMENT PAR LEUR FORME ÉVOCATRICE TES ROBOTS NE T'ONT PAS FAIT SONGER À LEUR PÈRE...
MOUAIS, LA FORME DE CELUI-CI, PEUT-ÊTRE MAIS L'AUTRE ?
SIMPLE EXCEPTION ! SANS LAQUELLE LA RÈGLE NE SERAIT PAS... MAIS REGARDE LE !
OUI ! IL VA SE POSER !
LE MATIN, IL COMMENCE À MONTER, LÉGER COMME UN BALLON, PUIS IL S'ALOURDIT, IL PEINE, IL SURCHAUFFE... ET FINALEMENT CHAQUE SOIR, IL S'ÉCRASE À L'HORIZON, IL SE PULVÉRISE EN MILLE PARTICULES
ALLÉCHANTE THÉORIE... MAIS RENAIT-IL TOUS LES MATINS OU EST-CE UN AUTRE ? EST-CE À CAUSE DE LUI QUE LE SOIR TOMBE OU EST-CE À CAUSE DU SOIR QUE C'EST LUI QUI TOMBE ?
OH, NON, ÉH ! IL SE PULVÉRISE ! QUEL FRACAS LES ENFANTS !
CRASH
AUTANT DE BRÛLANTES QUESTIONS QUI MÉRITERAIENT QUE SOIT MONTÉE UNE EXPÉDITION SCIENTIFIQUE... CAR VOIS-TU, JE CROIS QUE CE SONT JUSTEMENT CES ENGINS-LÀ QUI ALOURDISSENT LE SOLEIL AU POINT DE LE FAIRE S'ÉCRASER... ET LÀ-BAS, À L'HORIZON, IL EN NAIT DES MILLIERS CHAQUE SOIR QUI ÉPARPILLÉS DE PAR LE MONDE SONT LES BALISES DU TEMPS
MAGNIFIQUE ! JE VAIS POUVOIR COMPLETER MA COLLECTION...
QUE C'EST BEAU ! MAIS QUE DEVIENNENT LES AIGUILLES ??

PETITE, PEUX-TU VENIR ICI UN INSTANT... IL Y A CERTAINES CHOSES DONT NOUS DEVONS TE FAIRE PART...
OUI, OUI, J'ARRIVE PROFESSEUR CHRYSOSTOMUS...
PETITE MALHEUREUSE. N'AS TU PAS REMARQUÉ LE SINISTRE RICTUS DE LA NON MOINS SINISTRE ARTÉMISE? LE MIÉLEUX DISCOURS DU PROFESSEUR, FUT-IL SI DOUX À TON OREILLE POUR QUE TU VINS, DE LA SORTE, TE JETER DANS LEUR PIÈGE?
TOUJOURS EST IL QU'ENCORE ÉMERVEILLÉE PAR LE SPECTACLE AUQUEL ELLE VENAIT D'ASSISTER, ELLE S'AVANÇA CONFIANTE ET LE PIÈGE SE REFERMA!
SACHES PETITE, QUE CE DISPOSITIF EXPLOSERA DANS TROIS LUNAISONS... D'ICI LÀ, TU AS LARGEMENT LE TEMPS D'ALLER À L'HORIZON OÙ LE GRAND DISQUE S'ÉCRASE AFIN DE NOUS RAMENER CES PRÉCIEUSES BALISES
SAVAIS-TU ARTÉMISE, QUE DÉJA TOUTE PETITE TU HANTAIS MES PHANTASMES PUBERTAIRES?
OH, CHRYSO... VIENS DANS MA FORET DE BOUTEILLES CONSIGNÉES NOUS AVONS TROIS LUNAISONS POUR RATTRAPER LE TEMPS PERDU!
MAIS... ALORS... LES BALISES TIENNENT-ELLES COMPTE DU TEMPS PERDU!?
sens de la visite
UN PEU... BEAUCOUP... TU PARLES; JE ME SUIS ENCORE FAIT AVOIR, MOI...
SE FIER AU HASARD...
L'HORIZON? C'EST PAR-LÀ...

POURQUOI? POURQUOI TOUTE CETTE VIOLENCE GRATUITE?
PEUT-ÊTRE JUSTEMENT PARCE QUE C'EST GRATUIT...
TA GUEULE, TOI TA GUEUUULE!

SEULEMENT TROIS LUNAISONS À MARCHER AU HASARD POUR TROUVER L'HORIZON OÙ LE SOLEIL S'ÉGARE...
OÙ IL SE PULVÉRISE D'APRÈS LE PROFESSEUR EN MILLIERS DE BALISES QUI INDIQUERAIENT L'HEURE... L'HEURE... WOOOHOO QUELLE HORREUR AAARGH, L'HEURE...
LA BORNE TEMPORELLE ! ET C'EST À CAUSE D'ELLE QUE LE TEMPS SE PARCELLE SE PERD, SE GAGNE ET SE COMPTE À L'ÉCHELLE...
MAIS PLUS JAMAIS NE COULE COMME LE BLUES QUI ME SAOULE
L'HORIZON OÙ LE SOLEIL DISPARAIT ? ESSAYE TOUT DROIT, MAIS AVEC LES NUAGES QU'ON A DEPUIS CE MATIN TU AURAS DU MAL À SUIVRE LA PISTE...
!?
QUI C'ÉTAIT ?
ELLE TE PLAISAIT, GARÇON ? MAIS TU DOIS L'OUBLIER... AS-TU VU CE QU'ELLE AVAIT AUTOUR DU COU ?
ENCORE ! JE PARIE QU'ELLE AUSSI ELLE CHERCHAIT LE SOLEIL ET NE REVIENDRA JAMAIS ; MAIS JE...
CALME-TOI, TU SAIS TRÈS BIEN QU'ON NE PEUT RIEN POUR ELLE...
ELLE EST MAUDITE ET CONDAMNÉE, COMME TOUS LES AUTRES...
NON, C'EST MOI QUI SUIS MAUDIT CAR JAMAIS JE N'OUBLIERAI SON REGARD...
AH, JOLIE TIRADE, FISTON, TU ES EN PROGRÈS !
VRAIMENT ?
AH OUI... JE PEUX TE L'ASSURER... MAIS TIENS, REGARDE PLUTÔT LES VERS DE TERRE QUE L'HUMIDITÉ FAIT SORTIR... VOILA DES GENS HEUREUX
?

CET INDIVIDU A UN SYSTÈME DE REPRODUCTION TOUT À FAIT EXEMPLAIRE ... REGARDE DONC !
MERDE !
KTC
AÏE !
IL SUFFIT D'UNE CIRCONSTANCE EXTÉRIEURE PROVOQUANT LA SCISSION D'UN SUJET...
... ET TU EN OBTIENS DEUX !
ÉTONNANT, NON ?
ET DE PLUS, ASSEZ RIGOLO...
QU'EST CE QUE C'EST QUE CE SA...
TIENS ? ON SE CONNAIT ?
JE NE CROIS PAS...
DONT ACTE...
DIQU... AÏE
SKA
QU'EST C'QU'Y S'PASSE, ICI ?
JE SUIS POURTANT PERSUADÉ DE VOUS AVOIR DÉJÀ VU...
J'AI AUSSI CETTE ÉTRANGE IMPRESSION !
AH... INCONSCIEMMENT, JE LE SAVAIS... TOUTE MA VIE J'AI RÊVÉ D'ÊTRE UN VER DE TERRE...
PLUS DE PROBLÈMES DE CUL...
PLUS DE PEINES DE CŒUR...
HIIII
ET CE SCOUBIDOU, LÀ QU'EST-CE QUE C'EST ?
HUM...
GÉRARD, ARRÊTE, TU VAS ENCORE FAIRE UN GOSSE À RENÉ
T'OCCUPES GINETTE, ON T'AS BIEN VUE, TOI, AVEC JEAN-MONIQUE !
OH, ÇA VA...
COMMENT, TU SAIS ÇA TOI ?
J'VAIS T'DIRE EN PROMISCUITÉ, COMME ÇA, ON FINIT PAR TOUT SAVOIR...
ROH LUI, BONJOUR LES BOULES
TU M'ÉTONNES !
DIS, DONC, PÉPÉ, JE CROYAIS QU'À TON AGE ON AVAIT UN SAVOIR UNIVERSEL...
TSSTSS FISTON, QUI T'A FAIT CROIRE DE TELLES INEPTIES ?
ÇA TE DIRAIT DE LES BOUFFER LES ZINEPSIES
BON, NOUS ON SE TIRE... AVEC DES DINGUES COMME ÇA DANS LE SECTEUR ON RISQUE DE SE RETROUVER À HUIT !
MAIS ALORS IL FAUT RESTER !
OH PARDON !
SOK

M'ENFIN, QUOI, TU M'AS CASSÉ LE PÉPÉ; ÇA VA PAS, LA TÊTE...
T'AS VU LA SIENNE MAINTENANT !
VRAIMENT, JE SUIS CONFUS... MAIS JE NE COMPRENDS PAS POURQUOI IL A ÉTÉ FRAPPÉ À MA PLACE... VU SON ÂGE POURTANT SON SAVOIR DOIT ÊTRE GRAND ET...
TOUTE MA VIE, J'AI RÊVÉ D'ÊTRE UN P'TIT VER DE TERRE... TOUTE MA VIE J'AI RÊVÉ D'AVOIR LES FESSES SOUS TERRE...
NON, NON... SUFFIT... ASSEZ ENTENDU D'ÂNERIES PAREILLES... JE VENAIS D'AILLEURS DE DÉCOUVRIR QUE LE SAVOIR ET L'ÂGE ÇA N'AVAIT RIEN À VOIR... QUE MÊME PRESQUE, AU CONTRAIRE... QUE LES VIEUX, ÇA DIT PLEIN DE CONNERIES
AH, CES JEUNES !
PRENDS-LE TOI SUR LA TRONCHE À L'OCCASION; ÇA TE FERA DU BIEN !
MAIS BIEN-SÛR ! LUI, AU MOINS IL SAIT
ALLEZ HOP
OUI, OUI
OUI
NON
SOK
Super CALTEX
CALTEX
ENCORE RATÉ... MAIS ÇA ME FAIT MOINS MAL; MA TÊTE DURCIT BIEN... BON, ÇA... J'Y ARRIVE...
Schweppes TONIC
VICEROY Filter Tip CIGARETTES

ALLEZ... ON REMET. ÇA
HOP
MMH...
ALORS ? HEIN ? ÇA VOUS LA COUPE..? AVOUEZ...
HOUPS
TOC
SOK
AÏE
?
AH MAIS; J'Y ARRIVERAI... VOUS VERREZ UN JOUR ... À TOUS LES COUPS. CE SERA ! PUIS, MA TÊTE ELLE SERA ENCORE PLUS DURE ... ÇA ME FERA DU BIEN, VOUS AVEZ RAISON ... JE POURRAI PERSÉVERER SANS PROBLÈME...POUR QU'ENFIN, UN JOUR, JE VOUS RESSEMBLE ... JE SOIS COMME VOUS...
AU DÉBUT, TU LA PRENDS SUR LA GUEULE LES AUT'Y T'DISENT QU'C'EST ÇA QU'ILS VEULENT QUE ÇA TE F'RA DU BIEN, C'EST SÛR QU'T'AURAS, COMME EUX, LA TÊTE BIEN DURE
KSSS KSSS SOYEZ MAUDITS...
UN JOUR, TA TÊTE, ELLE VA PÉTER... CLAC, F'RA LA BOULE EN TE TOMBANT SUR LE NEZ...
CHOUBIDOU... Y'S'RONT PLUS LÀ POUR RAMASSER LES MORCEAUX...
CHOUBIDOUWAH

OUI MAIS POURQUOI ?
LÂ, BON, C'EST NORMAL
HOP, HOP, EN MOINS DE DEUX ...
...TU AS UN TRUC, QUOI ; JOLI,
BIEN ET TOUT, PAS DE PROBLÈME
MAIS LÂ, TU VOIS,
LÂ...
KSSS
KSSSS

LÀ, J'AI AFFAIRE À UNE MATIÈRE VISIBLEMENT SEMBLABLE ET POURTANT INDOMPTABLE...
DEPUIS LA DÉCOUVERTE DE CETTE ENCLAVE AU MILIEU DE MA PARCELLE JE SUIS RONGÉ PAR UN DOUTE ABRASIF...
POF
POF
POF
MERDE
POURQUOI, MÊME EN Y METTANT TOUTE MA SCIENCE DU PATÉ COMPACT, NE M'EST-IL JAMAIS POSSIBLE DE BÂTIR LA MOINDRE TOURELLE, LE PLUS PETIT REMPART, LA FORTERESSE LA PLUS DÉRISOIRE?! POURQUOI?
JAMAIS CITADELLE N'ÉMERGERA DE CE PETIT BAC... POURTANT, BORDEL, L'EXPÉRIENCE M'A DONNÉ UNE DEXTÉRITÉ HORS DU COMMUN
HOP
MAIS À CHAQUE FOIS LA MATIÈRE SE DÉROBE ET S'ÉCOULE... POURTANT À CHAQUE FOIS, J'ESPÈRE
SOK
AÏE
C'EST PAS ENCORE AU POINT MON TRUC...
ET À CHAQUE FOIS JE ME PLANTE LA GUEULE COMME UN CONNARD...

ÉH !?
ALORS, LÀ !
LÀ
LÀ ALORS !
BLB
AH OUAIS... CE BAC N'AURAIT RIEN À VOIR AVEC MES MODELAGES ... IL N'ÉTAIT PAS LÀ POUR ME NARGUER MAIS POUR M'INVITER ...
ET MOI, PAUVRE NIAIS, JE N'AVAIS RIEN COMPRIS... IL A FALLU QU'UN AUTRE PASSE AVANT MOI, LE MAÎTRE DU CHATEAU DE SABLE, POUR QUE JE ME RENDE COMPTE
BLB
????

EUH... AH BON !
BON, J'AI RIEN DIT MOI, ÇA VA ... O.K... ON SE CALME...

OÙ C'EST QUE JE SUIS TOMBÉ, MOI ?
LA SORTIE !?
OUI, C'EST ÇA, LA SORTIE...
J'ÉTAIS POURTANT PERSUADÉ QU'IL S'AGISSAIT BIEN D'UN PASSAGE POUR REJOINDRE LE A...
LA SORTIE !!
BEN OUI
LA SORTIE !! HIHIHIHIHIHIHIHIHI
NON... CE N'EST PAS VRAI ; JE DOIS ÊTRE MAUDIT
POURQUOI M'AS TU LAISSÉ TOUT SEUL ?? TU N'AVAIS PAS LE DROIT ; PAS ENCORE UNE FOIS, PAS UNE FOIS DE PLUS... POURQUOI? POURQUOI ?
HIHIHIHIHI
JAMAIS CITADELLE N'AURA ÉMERGÉ DE NOTRE ENCLAVE... À CHAQUE FOIS TU TE DÉROBES ET TOUT S'ÉCROULE. POURTANT À CHAQUE FOIS J'ESPÈRE...
... ET À CHAQUE FOIS JE ME PLANTE LA GUEULE COMME UN CONNARD...
LA SORTIE, HIHIHIHIHI, MAIS LES GRENIERS DE MALPERTUIS SONT SANS ISSUE, VOYONS, SANS ISSUE !

EURYDICE... TU DOIS REVENIR... JE T'AI JAMAIS ENVOYÉE AU DIABLE, MOI !
J'EN AI MARRE MEEEERDE JE CRAAAQUE
M'SIEUR, M'SIEUR... PLEURE PLUS M'SIEUR... DESSINE-MOI PLUTÔT UN BOULON...
QU'EST CE QUE C'EST QUE CETTE ZONE !?
...AVEC UN AVION AUTOUR POUR REJOINDRE MA PLANÈTE...
MAIS JE SAIS PAS DESSINER, MOI...
M'SIEUR
JE N'Y ARRIVERAI JAMAIS...
TAC TIC TAC TIC TAC TIC TAC TIC TAC TIC TAC TIC TAC TIC TAC TIC TAC TIC TAC
IL N'Y A PLUS NI LUNE NI SOLEIL, COMMENT SAVOIR OÙ EN EST LE TEMPS...
TIC TAC TIC TAC TIC TAC TIC TAC

ÇA VA EXPLOSER... JE SUIS SÛRE QUE ÇA EXPLOSERA AVANT QUE J'AI EU LE TEMPS...
TIC TAC TIC TAC TIC TAC TIC TAC TIC TAC TIC TAC TIC TAC TIC TAC TIC TAC TIC TAC TIC TAC TIC TAC
COMMENT ? OUI, C'EST ÇA... MAIS JE SUIS NÉ ICI, MOI, JUSTE À CÔTÉ DE CETTE MACHINE... ÉH OUI, SON TIQUETAC A BERCÉ TOUTE MON ENFANCE...
BEN TIENS ! ÉVIDEMMENT, TU VOIS, J'Y SUIS ATTACHÉ, MOI... ON A SES RACINES !
IL Y EN A QUI DISENT QUE C'EST UNE MACHINE INFERNALE, QU'UN JOUR ÇA VA PÉTER... TU PARLES ; ICI OU AILLEURS, J'VAIS T'DIRE... J'TE RACONTE PAS...
TIC TAC TIC TAC TIC TAC TIC TAC TIC TAC TIC TAC TIC TAC TIC TAC TIC TAC T
BIP BIP BIP BIP
VRRRRRRRRRRRRRRRRRRRRRRR
AÏÏE
POUSSE POUSSE... EN VOILÀ UN AUTRE OUIII... OUI VOILÀ
PFFFFF AAH C'EST DUR
DÉCONTRACTE-TOI...
TU CROIS QU'ON NAIT BON, TOI ?
QUOI !? BON ? TU RIGOLES... ON NE NAIT NI BON, NI CON, NI RIEN ON NAIT, C'EST TOUT...
AÏÏE HIIII
POUSSE POUSSE ; ENCORE UN !
ALORS CE NE PEUT ÊTRE QUE LE MONDE EXTÉRIEUR QUI NOUS FAIT BON OU MAUVAIS ?
PSST, TU DÉCONNES. BON OU MAUVAIS, ÇA VEUT DIRE QUOI ?
C'EST À DIRE QUE... QU... AAH AÏÏE
CALME-TOI ALLEZ, POUSSE !
ENCORE UN, T'ASSURES, TOI !
EUH...
VOIS-TU, Y'A QUE LE MAL... LE BIEN N'EST QU'UNE INVENTION QU'ON DOIT, EN FAIT, APPELER LE MOINDRE MAL

TU PARLES D'UN MOINDRE MAL !
AAA... AÏÏÏE ÇA DOIT ÊTRE LE DERNIER... ÇA COINCE
ENCORE UN PETIT EFFORT...
HAN
PAF
PLOP
TU PARLES D'UN RECCORD
QUATORZE, ÇA T'EN FAIT QUATORZE...
KOUÏ KHII KOUÏÏ IIIIHII
KOUÏ KHI KOUÏÏ
KOUÏ IIIH HI
REGARDE, C'EST LA FIN DE LA MAUVAISE SAISON
CON... SI, CON ÇA DOIT L'ÊTRE... BRAVO GÉRARD, QUATORZE PETITS CONS TU M'AS ENCORE BIEN EUE...
KOUÏ KOUÏÏ KOUÏÏ KOUÏÏÏÏ
... LES VOLS DE SINISTROSÉS QUI ONT CRAQUÉ AVANT LA FIN DE L'HIVER... LE PRINTEMPS EST TOUT PROCHE...
MERVEILLEUX
KOUÏ KOUÏ KHII KUI KOUÏÏ
EH SALUT, VIENS EN FUMER UN CHEZ MOI... ILS PASSENT "COMME UN BOUMERANGUE„ À LA TÉLÉ; LE FILM QUE TOUT BON JUNKIE SE DOIT D'AVOIR VU...
OUAIIS, C'EST CHIÉ !
AJ LANNION

OUAIS, CLASSE LE FILM...
T'AS VU SA GUEULE
PASSE DU FEU...
ON S'FAIT UNE P'TITE LIGNE LÀ ...
SNMIIIF
Ta gueule Batkin, fait pas l'con Batkin
Raaah, tous ces sales drogués, je vais te flinguer ça vite fais, moi...
J'te comprends Batkin, mais fait pas l'con...
ces loques humaines au regard hagard
ARRÈTE, TU LES ROULES MAL, TU FOUS TOUT À COTÉ...
MIEUX LE FILTRE; TIENS, REGARDE
AH OUAIS, LÀ T'EN PERDS PLUS
À C'PRIX LÀ ÇA VAUT LE COUP
AAH... S'ÉCRASER DEVANT LA TÉLÉ, POUR OUBLIER...
FORCE NEUF, ON PASSERA PAS; VISE LES DÉFERLENTES, LÀ...
PFFT, QUE DALLE, ON VA S'LES FAIRE EN SURF
OUAIS, LA GLANDOUILLE C'EST VRAIMENT CASSE-COUILLE TU RESTES ASSIS PEINARD ET TU CHOPES DES ESCARRES
ALORS DU COUP COMME Y FAUT QU'ÇA GUÉRISSE TU VEUX RESTER DEBOUT ET TU CHOPES DES VARICES
T'ESSAYES DE REMUER MAIS ÇA TE FAIT SUER...
YOU
YEUAAARRK
SHBIWAP
...BRICOLER JUSTE UNE FOIS ET TU T'ÉCRASES LES DOIGTS BORDEL, QUOI QUE TU FASSES À CHAQUE COUP C'EST L'IMPASSE ALORS COMME T'ES....
CHBDWAAH
EUH OUI
AH, VOUS ÊTES LÀ...
PLINK
J'ME F'SAIS UN P'TIT ROCK-LÀ JE VOUS AVAIS OUBLIÉ... VOILÀ... JE SUIS À VOUS... OÙ ON EN ÉTAIT, LÀ ?
VRRRRRRRRRRRRRRRRRRRRRRRRRRRRRRRRRRRRRRRRRRRRRRRRRRRRRRRRRRRRRRRRRRRRRRR
Confiture Pêche
PLASTOC
CLUB CHOOKEY
AT...TENTION KSSSS
POPS
Saupiquet

ÇA VIENT... ÇA MARCHE...
K'SSSSYYY
PCHHHHHHHH
KLINK
AH... BON... JE NE MAITRISE PAS ENCORE TROP BIEN, MOI...
. VOYEZ VOUS, ARTÉMISE, LES INDIVIDUS POSSÈDENT UNE CAPACITÉ ÉNERGÉTIQUE CERVICALE ÉTONNANTE DONT ILS N'ONT ABSOLUMENT PAS CONSCIENCE... ELLE EST STUPIDEMENT DILAPIDÉE EN CROYANCES PLUS OU MOINS DOUTEUSES... ILS CANALISENT TOUTE CETTE PRÉCIEUSE ÉNERGIE DANS LA MÊME DIRECTION ET LE VAGUE CONCEPT ADULÉ SE CONCRÉTISE DE PLUS EN PLUS AU POINT DE DEVENIR PUISSANCE DIVINE...
OH OUI, CHRYSOSTOME, OUI... MAIS N'EN RELACHE PAS POUR AUTANT TON ÉTREINTE...
CONCENTRATION... CONCENTRATION... IL FAUT MAITRISER L'ÉNERGIE...
START PILOTE

GAFF CH TIREKSS
FSSWWWW
ÇA Y'EST J'AI DES HALLU'S !
FWF
IL SUFFIRAIT QUE PLUS PERSONNE N'Y CROIT ET CES ÊTRES SUPÉRIEURS ET IMPALPABLES N'EXISTERAIENT PLUS... IL NE ME SUFFIRAIT PLUS, ALORS, QU'À TROUVER COMMENT RÉCUPÉRER LA TOTALITÉ DE CETTE ÉNERGIE ET JE POSSEDERAIS L'ARME ABSOLUE... PLUS RIEN NE M'EMPECHERAIT DE DEVENIR LE MAÎTRE DU MONDE
AH, OUI; TU CROIS ÇA...
NON ARTÉMISE, PAS LÀ... LÀ, ÇA ME FAIT CRAQUER... NOONNNN ARRÊTE... N... NOOONN
AAARH... ÇA Y'EST, J'AI LA PUISSANCE AU BOUT DES DOIGTS...
POURTANT ON NE PEUT PAS DIRE QUE JE N'AI PAS TOUT ESSAYÉ...
IL FAUT QUE JE DOMINE ÇA AU BOUT DE CHAQUE DOIGT... QUAND JE MAÎTRISERAI L'ÉNERGIE, L'ÉNERGIE M'APPELERA MAÎTRE...
J'Y AI BIEN CRU MAIS NON... RIEN TOUJOURS RIEN POURQUOI ?
HOLA
POURQUOI ?? TOUJOURS POURQUOI... QU'Y PUIS-JE SI QUE DALLE N'Y COMPRENDS-JE
TOI APPELER MAISON, MOI VENIR CHERCHER TOI
MAIS J'AI RIEN DEMANDÉ, MOI, JE VEUX DESCENDRE... JUSTE COMME J'ALLAIS DEVENIR MAÎTRE DU MONDE...
C'EST PAS D'BOL !
POURQUOI CECI ? POURQUOI CELA ? QUE DE BOULES JE CHOPE EN CE MONDE

POURQUOI TOUJOURS DES QUESTIONS SANS RÉPONSES ET PAS DES RÉPONSES SANS QUESTIONS ??
PLICH CHPLICH
QU'EST C'TU VEUX QUE J'TE DISE, MOI...
QUAND JE VOIS QU'IL Y A SIX MOIS QU'IL PLEUT ET QU'IL N'Y A, DANS TOUT LE SECTEUR QUE DE LA CRÈME À BRONZER À BOUFFER. JE NE PEUX QUE SONGER À LA PRÉSENCE D'UN ÊTRE INFINIMENT MAUVAIS ET PUE-DU-CUL JUSTE AU-DESSUS DE NOS TÊTES...
ÇA VA ?
ÇA VA
PFF... CONNASSE... ENCORE UNE QUI VEUT FAIRE CROIRE QU'ELLE A L'MORAL, MON CUL OUI !
SALUT ÇA VA ?
NON, ÇA VA PAS
ELLE EST TROP CELLE-LÀ ! ELLE ESPÈRE PEUT-ÊTRE QUE JE VAIS LA CONSOLER... TU M'AS BIEN REGARDÉ, CONNASSE
J'AI L'ŒIL, MOI... ON M'A PAS COMME ÇA, MOI !
OUUUUH... YÉÉHOUUUU... SHIBIDI BABELOUUUUUH C'T'À DEV'NIR FOUUUHOUUU FOU, À COUP SÛÛHÛÛÛÛÛR À LEUR VOMIR DE L'ÉCORCHURE J'ATTRAPE DES ENGELURES SUR MON CERVEAU CHIFFONNÉ QUI COMMENCE À FANER ... FAUSSE PUDEUR LACHETÉ MINEURE
DÉSACCORD MAJEUR TOUT À L'INTÉRIEUR ALLER VOIR AILLEURS AILLEURS, VITE AILLEURS
TU POURRAIS PAS ME JOUER "JAILHOUSE ROCK" PLUTÔT...
PFFFF
INTERMARCHÉ

TU M'EN DONNERAS QUAND MÊME UN PETIT PEU, DIS...
MÊME DEUX SI TU VEUX, OU TROIS OU PLEIN...
MAIS JAMAIS QUE DES PETITS
Y'A DES DOMAINES, TU VOIS, OÙ LA GRANDEUR C'EST RIEN QUE DES MENSONGES...
SONY
STEREO
FACILE... DES MOTS
ÇA Y'EST ! IL S'EST ÉCRASÉ !
PLUS QU'UN JOUR AVANT LA TROISIÈME LUNE... SALOPERIE DE HUBLOT... JE SUIS SÛRE QU'ILS M'OBSERVENT...
ET DES MOTS QUI SE GLISSENT SENTIMENTS ET COMPLICES MAL COMPRIS QUI TRAHISSENT ... PITEUX INTERPRÈTES DES MULTIPLES FACETTES DU DEDANS DE LA TÊTE... BOURDONNEMENTS ÉPHÉMÈRES ; AH, S'ILS POUVAIENT SE TAIRE, COMPRÉHENSION PEUT-ÊTRE...

IL FAUT QUE LES MOTS SE TAISENT POUR ÉTOUFFER LE MALAISE
ENCHANTEURS OBTUS OU SORCIERS AMBIGUS...
MAYDAY MAYDAY ON VA LOUPER L'ATTERRISSAGE
...TUONS LES MOTS INFECTS REDOUTABLES INSECTES PUANT POISON QUI M'INFECTE !
CRASH
POURQUOI TU CASSES TA GRATTE ,TOI ?
ROH, IL EST CON, LUI, UNE BELLE GRATTE COMME ÇA...
C'EST PAS POSSIBLE DES CHOSES COMME CELLE À LAQUELLE J'ASSISTE À CET INSTANT PRÉCIS
CRASH
LAROUSSE DICTIONNAIRE ÉLÉMENTAIRE
QUELQU'UN ACCEPTERAIT-IL DE ME DONNER QUELQUES EXPLICATIONS...
SI BIEN VOUS EN PLAIT...

DEPUIS LE TEMPS QU'IL AVANÇAIT IL DEVAIT BIEN FINIR PAR ARRIVER AUX LIMITES DU DÉPOTOIR... LE TERRAIN, EN PENTE DEPUIS DÉJÀ LONGTEMPS AVAIT FINI PAR DEVENIR ESCARPÉ... PRESQUE À PIC MÊME... DE L'AUTRE CÔTÉ, IL ÉTAIT IMPOSSIBLE DE VOIR LES LIMITES DU GOUFFRE... ÇA FAISAIT TRÈS BOUT DU MONDE COMME AMBIANCE... PUIS, D'UN SEUL COUP, JUSTE AVANT LA CHUTE LIBRE, IL Y AVAIT, CLOUÉE À LA PAROI, COMME UNE CITÉ BIZARRE AVEC UNE POPULATION QUI, À PREMIÈRE VUE NE L'ÉTAIT PAS MOINS... ATTERRIS LÀ, DIEU SAIT COMMENT ET N'Y ATTENDANT VISIBLEMENT PAS GRAND' CHOSE ; LEUR APATHIE CONVENAIT TRÈS BIEN À SON BESOIN DE SILENCE
IL LONGEA LA CITÉ ET FINALEMENT, TOMBA SUR QUELQU'UN QUI SEMBLAIT VOULOIR CONVERSER...
SPLIT
SALUT, NOUVEAU... QU'EST C'QUI T'AMÈNE ?
LE BOUGRE SE RÉVÉLA TRÈS BAVARD ; CE QUI ÉTAIT, EN QUELQUE SORTE, UNE CHANCE PUISQUE LUI NE PARLAIT PLUS DEPUIS LONGTEMPS

IL LUI OFFRIT QUELQUE CHOSE À FUMER PUIS LUI RACONTA COMMENT ILS ÉTAIENT ARRIVÉS LÀ ET POURQUOI ÇA NE SERVAIT À RIEN D'ESSAYER DE PARTIR ... IL PARLAIT LENTEMENT...
TIENS, C'EST DU PERSAN ASSEZ FAMEUX, TU VAS VOIR...
TU PARLES ; DU PAILLASSON OUI...
... SES MOTS SE TRAINAIENT AUSSI LAMENTABLEMENT QUE SON EXISTANCE ... IL ÉTAIT EN FAIT SURPRENANT D'AVOIR RENCONTRÉ QUELQU'UN QUI AIT ET L'ENVIE ET LA FORCE DE PARLER... LE TROU, CONTINUAIT-IL IL ÉTAIT BIEN FACILE DE VIVRE AVEC LUI ET CE N'ÉTAIT PAS LA CHUTE OCCASIONNELLE DE L'UN OU DE L'AUTRE QUI AURAIT CHANGÉ QUOI QUE CE SOIT À TOUT ÇA...
ÉVIDEMMENT, CEUX DU PONT, ARRIVÉS LÀ DANS LES MÊMES CIRCONSTANCES AVAIENT TENDANCE À LES MÉPRISER ...
COMME IL VIT SON INTERLOCUTEUR INTRIGUÉ, IL LUI FIT REMARQUER QUE LE PONT EN QUESTION ÉTAIT JUSTE AU-DESSUS D'EUX ...

BRUITS DE PAS, RAPIDES, ET D'ACTIVITÉ FÉBRILE. TOUT EN HAUT
PROFONDE INQUIETUDE
?
À C-31, COLLABORATEUR. ON T'ATTEND D'URGENCE
J'Y COURS, PARTENAIRE, J'Y COURS
HOP HOP
M14
SAUPIQUET

TONK
SRRRRR
BRF
QU... QU'EST C' QUE TU FOUS LÀ ? QUE SIGNIFIE CETTE ENTRAVE À LA BONNE MARCHE DE L'Action ? NE ME DIS PAS QUE TU VIENS DE CHEZ LES LARVES D'EN BAS ? TU NE RÉPONDS PAS... PEUT-ÊTRE TU VEUX QUE JE T'EXPLIQUE LE Programme d'Action ?
... TU NE RÉPONDS TOUJOURS PAS... JE LE PRENDRAI COMME UN SIGNE DE RALLIEMENT AU Mouvement d'Action Programmée... ...IL CONVIENT DONC QUE DÈS À PRÉSENT JE T'EXPLIQUE LA LUTTE POUR QUE TU PUISSES T'Y INTÉGRER EFFICACEMENT
TAK KLOP
TAKAKLOP
QUAND NOUS SOMMES ARRIVÉ AU BORD DE CE PRÉCIPICE NOUS AVONS TOUT DE SUITE SU QUE NOTRE BUT DEVAIT ÊTRE DE LE FRANCHIR À TOUT PRIX...
OUI, COSIGNATAIRE, ET NOUS Y ARRIVERONS...
ET CE N'EST PAS LA CHUTE ÉVENTUELLE D'UN DES NÔTRES QUI FREINERA LA LUTTE
VIENS, ADHÉRENT DÉSORMAIS TU ES DES NÔTRES...
MAIS ALORS ? IL N'Y A PAS MOYEN D'Y ARRIVER...
ALORS, TOUT EST FOUTU...
NOUS Y ARRIVERONS PARCE QUE NOUS NOUS BATTRONS...
OUI, NOUS NOUS BATTRONS
PLINK*
* FIT-IL PAR DÉPIT...

IL FALLAIT LES VOIR. CES PITOYABLES ET SQUELETIQUES ÉPAVES AVEC AU COU UNE MACHINERIE QUI LES FAISAIT FONDRE DE PEUR ET DONT ELLES N'OSAIENT SE DÉFAIRE BIEN QU'ELLE TOMBÂT PRESQUE D'ELLE MÊME... IL FAILLIT CRIER MAIS LES MOTS RESTÈRENT AU FOND. VAINS. LUI FAISANT BIEN COMPRENDRE QUE SA PEAU, COMME MOUVEMENT D'ACTION PROGRAMMÉE, C'ÉTAIT PAS MAL NON PLUS...
IL N'Y A PLUS MOYEN D'Y ARRIVER... ÇA VA SAUTER D'UNE MINUTE À L'AUTRE...
IIIIIK
NON! JE N'AI PAS LE DROIT!
ARRÊTE, C'EST UNE ATTEINTE AUX LIBERTÉS
PLUTOT MOURIR QUE FAILLIR...
MON CADENAS!
LE TROU, LE TROU... IL SUFFIT DE LE REBOUCHER LE TROU

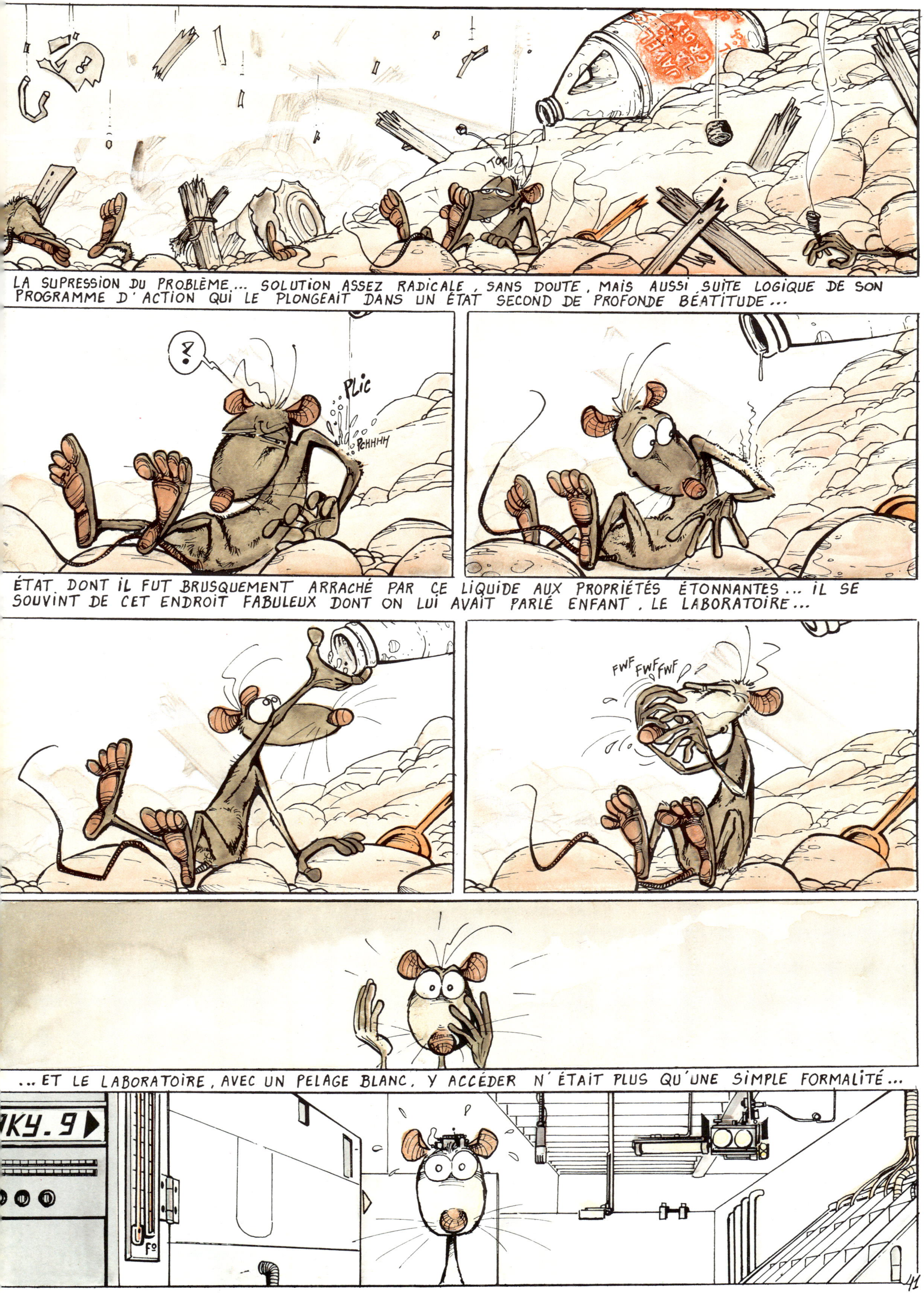
TOC
LA SUPRESSION DU PROBLÈME... SOLUTION ASSEZ RADICALE, SANS DOUTE, MAIS AUSSI SUITE LOGIQUE DE SON PROGRAMME D'ACTION QUI LE PLONGEAIT DANS UN ÉTAT SECOND DE PROFONDE BÉATITUDE...
?
PLIC
PCHHHH
ÉTAT DONT IL FUT BRUSQUEMENT ARRACHÉ PAR CE LIQUIDE AUX PROPRIÉTÉS ÉTONNANTES... IL SE SOUVINT DE CET ENDROIT FABULEUX DONT ON LUI AVAIT PARLÉ ENFANT, LE LABORATOIRE...
FWF FWF FWF
...ET LE LABORATOIRE, AVEC UN PELAGE BLANC, Y ACCÉDER N'ÉTAIT PLUS QU'UNE SIMPLE FORMALITÉ...
KY.9
F°

L'ÉPREUVE DU LABYRINTHE : PASSER OÙ IL FAUT ET TROUVER LA SORTIE, LA RÉCOMPENSE EST AU BOUT IL SUFFIT DE NE PENSER QU'À ELLE EN ALLANT DE L'AVANT... PAS TRÈS DUR POUR LUI EN FAIT...
TYP: ANALYSE
DISSOCIATION
DISSIDENCE
014 ELITISME
MEPRIS

TYP, MUTISME
REFUS
017 SOLITARISME MISANTHROPIE
MEPRIS X2
105
104
C' EST CELA MÊME ARTÉMISE ; L' ÉQUILIBRE DES FORCES... ET LE DÉROULEMENT DES CHOSES EST UN BALANCEMENT CONSTANT ENTRE LES DEUX PÔLES DU DÉSÉQUILIBRE FATAL... QUICONQUE JOUERAIT TROP AVEC CE DÉSÉQUILIBRE RISQUE SOIT DE BASCULER VERS UN PÔLE SOIT, PIS ENCORE, DE BRISER L' ÉQUILIBRE... JE NE TE RACONTE PAS LES CONSÉQUENCES
J' VAIS T' DIRE : Y' T' RACONTE PAS
POUR L' ÉQUILIBRE ENTRE LE CORPS ET L' ESPRIT JE TE CONSEILLERAI, NÉANMOINS, D' UN PEU INVERSER LA TENDANCE DE TON DÉSÉQUILIBRE...
LE REBOUCHER ! IL SUFFIT DE LE REBOUCHER...
128
127
P, NIHILISME
FOUTRELAZONISME
039 MEPRIS X3
UN PETIT PEU... MÊME DEUX OU DES TAS QUE JE POURRAI TE DONNER... MAIS QUE DES PETITS...
OÙ SONT MES PETITS RÊVES DE GRANDEUR...
OH L' AUTRE, Y' JOUE AVEC LES MOTS... C' EST PAS DU JEU... MOI, J' SUIS PAS D' ACCORD... NON MAIS OH,
DÉSORMAIS JE ME TAIRAI

OUI , ME TAIRE , OUiii...
QU'EST CE QUE JE FAISAIS LÀ MOI ? PAS POSSIBLE... JE N'AI JAMAIS DIT ÇA COMME ÇA, MOI !
BEN TIENS... BIEN TROP OCCUPÉ, QU'IL ÉTAIT, À SE MORFONDRE SUR LUI-MÊME POUR JUSTE SONGER À M'OUVIR LA GRILLE...
JAMAIS IL NE M'A DEMANDÉ ÇA, J'EN SUIS SÛR, ON ESSAYE DE JOUER AVEC MES SOUVENIRS, JAMAIS IL L'A DEMANDÉ, J'EN SUIS SÛR...
LA PORTE !
J'AURAIS PEUT-ÊTRE DU Y PENSER TOUT SEUL...
237
238
IL Y EN A BEAUCOUP DES CHOSES AUXQUELLES TU AURAIS PU PENSER... MAIS MAINTENANT QUE TU Y SONGES VAGUEMENT, C'EST UN PEU TARD...
MERDE... FOUTEZ MOI LA PAIX JE TE L'AI ENLEVÉE TA MACHINE, ÇA JE LE SAIS !
CLAC
238

UN PEU TROP TARD, PEUT-ÊTRE... J'Y AVAIS PAS PENSÉ...
C'ÉTAIT PAS COMME ÇA, JE LE SAIS ; J'EN SUIS SÛR... JE VEUX RETOURNER VOIR CE QU'IL Y A DERRIÈRE LES AUTRES PORTES... COMMENT ÇA S'OUVRE ?
BONG BONG BONG BONG
OUVREZ ÇA, MERDE OUVREZ MOI...
JE VEUX Y RETOURNER... JUSTE... AUX... TROIS PORTES
JUSTE
JE VEUX
BONG
OUI... JE SAIS ; LE PASSÉ... OOOH AÏE ; JE ME SUIS FAIT GROS BOBO, MOI...
?

Chouette, le printemps

quoi,
l'automne
déjà,

encore une année de foutue, merde

PtiLuc
I - 84